Taïwan – Chine
Imaginaires croisés

海峽兩岸 — 想像交織的記憶

SAMIA FERHAT

Éditions You Feng
Libraire & Éditeur

海峽兩岸想像交織的記憶
Taïwan – Chine Imaginaires croisés

著者： SAMIA FERHAT
Auteur : SAMIA FERHAT

 Éditions You Feng
Libraire & Éditeur

巴黎友豐书店

45 rue Monsieur le Prince
75006 Paris (France)
Tél. : 01 43 25 89 98
contact2@you-feng.com

66 rue Baudricourt
75013 Paris (France)
tél. : 01 53 82 16 68
contact@you-feng.com

www.you-feng.com

Illustration : L.H.
Conception graphique : Si LIU

Dépôt légal : 1er semestre 2023
ISBN : 979-10-367-0194-8
© Éditions You Feng

Taïwan – Chine
Imaginaires croisés

海峽兩岸
想像交織的記憶

Samia Ferhat

Illustration : L.H.
Conception graphique : LIU Si

Sommaire

Avant-propos

De retour à Paris après presque dix années de vie à Taïwan, j'eus l'occasion, au début des années 2000, d'observer pour la première fois des interactions entre jeunes Chinois et Taïwanais. Celles-ci se tenaient principalement au sein des institutions dans lesquelles j'enseignais. Peu nombreux, il y avait néanmoins toujours deux ou trois étudiants venus de Chine et de Taïwan dans mes classes. Les étudiants chinois manifestaient en général beaucoup de curiosité à l'égard de la société taïwanaise, certains revendiquant même un lien affectif privilégié avec sa population. À cette revendication d'une proximité affective, les jeunes Taïwanais opposaient généralement le constat d'un profond fossé qui les séparait les uns des autres.

C'est afin de comprendre ce différentiel de perception que j'ai mené à partir de la fin des années 2000 plusieurs expérimentations scientifiques, dont des entretiens réalisés auprès d'une soixantaine de jeunes Chinois et Taïwanais nés dans les années 1980. J'ai alors recueilli de nombreux récits, qui non seulement évoquaient divers épisodes de la mémoire familiale et individuelle, mais rendaient aussi compte d'expériences d'interaction avec celles et ceux venus de l'autre côté du détroit.

Ce sont neuf de ces récits que nous découvrons dans ce volume : ceux de Ayuan (阿遠), Aji (阿吉), Awang (阿旺), Xiaoying (小英), Xiaomei (小妹), Xiaoyu (小玉), Xiaotong (小彤), Awen (阿文) et Xiaolan (小蘭). Les dessins de L.H., tout en nous plongeant dans leur imaginaire historique et mémoriel, nous permettent aussi de saisir la sensibilité de leur époque. Toutefois, les récits de ces jeunes sont à considérer comme des narrations mémorielles nourries des souvenirs entendus de leurs aînés, ou issus de leurs propres expériences personnelles ; ils n'ont aucunement vocation à « dire l'histoire ». C'est pourquoi, la troisième partie de cet ouvrage présente dix notices rédigées par des spécialistes de la Chine, de Taïwan et de la Corée. Elles nous permettent d'appréhender de manière plus précise l'arrière-plan des événements se trouvant au cœur des récits. Je tiens à remercier très chaleureusement Danielle Elisseeff, David Serfass, Victor Louzon, Fu Si-tai (傅思台), Alain Delissen, Isabelle Thireau, Xiaohong Xiao-Planes (蕭小紅), Michel Bonnin, Philippe Chevalerias et Chantal Zheng d'avoir accepté de participer à ce projet.

Le travail d'adaptation des textes en chinois s'est avéré particulièrement long et difficile. Je suis particulièrement reconnaissante à mes amis et collègues qui m'ont aidée à le mener à bien. Je salue notamment Hsieh Chwenching (謝淳清), Yen Ai-lin (顏艾琳), Liu Chanyueh (劉展岳), Liu Si (劉思) et Lu Ling (路齡). Par ailleurs, afin de respecter les pratiques linguistiques et culturelles des jeunes Taïwanais et Chinois, ainsi que la singularité du contenu de leurs récits, j'ai choisi d'utiliser respectivement les caractères complexes et simplifiés.

Partie I

Évocations taïwanaises 台灣的追憶

—

阿吉的回憶

Souvenirs d'Aji

—

農人家庭

Une famille de paysans

我的家族來自福建漳州，清朝咸豐年間渡海來到台灣。

La famille de mon père est originaire de Zhangzhou, dans la province du Fujian. Ils sont arrivés à Taïwan sous le règne de l'Empereur Xianfeng de la dynastie Qing.

先祖在山中落腳，從事傳統農耕，試著依循他們原本在中國的方式在台灣生活。可是，新環境的開墾與收成，讓他們發現無法賴以維生。經過一段時日的種植經驗，他們發現，這地區十分利於茶葉的生長。

Ils se sont installés en pleine montagne, et ont cultivé la terre comme ils le faisaient en Chine. Mais ce nouvel environnement ne leur permettait pas de vivre de leurs récoltes. Plus tard, ils se sont rendu compte qu'il était plus rentable de cultiver du thé.

當時的生活條件十分辛苦。為了唸書，我父親和伯父們得走上三個小時到鎮上的小學上學。

Les conditions de vie étaient vraiment difficiles. Mon père et ses frères devaient marcher trois heures pour se rendre à l'école du bourg.

Cela n'a pas empêché mon père de se consacrer avec beaucoup de sérieux à ses études. Grâce aux bourses de l'État, il a pu quitter Nantou pour étudier les sciences politiques à l'université nationale de Taïwan, à Taipei. Une fois diplômé, il est resté dans cette ville.

雖然辛苦，我父親仍舊努力求學。獲得公費獎學金後，離開了南投，到台北國立台灣大學就讀，專攻政治學。畢業後，就定居在台北了。

17

外省人家庭

Une famille de Waishengren

我的曾外祖父當年是國民黨在河北省的高官。但1949年全家逃難到台灣時，幾乎就變得一無所有。

Mon arrière-grand-père maternel était un cadre très haut placé du Kuomintang dans la province du Hebei. Mais quand le famille est venue se réfugier à Taïwan, en 1949, ils ont tout perdu.

後來，全家人都到了台北。
當時的生活十分辛苦，為了
維持生計，在路邊擺攤賣早
點，如豆漿、燒餅、油條。

Par la suite, toute la famille s'est retrouvée à Taipei.
La vie était alors très difficile. Ils ont monté un petit
stand de rue où ils vendaient des petits déjeuners : du
lait de soja, des galettes et des beignets frits.

若不是有公費獎學金，我母親和兩位舅舅恐怕就無法有唸書的機會。

Ce n'est que grâce à l'obtention de bourses de l'État que ma mère et ses deux frères ont pu poursuivre leurs études.

獎狀

抗日戰爭爆發時，我的外婆仍是一名女校學生。她與同學們一起逃離河北省南方，前往山西。僅能攜帶少量的求生用品，沿途飲用溪水而活。

Lorsque la guerre de résistance contre le Japon a éclaté, ma grand-mère maternelle étudiait dans une école de jeunes filles. Avec ses camarades, elle a fui le sud du Hebei pour se rendre dans le Shanxi. Ils n'avaient emporté que quelques vivres, et ont survécu en buvant l'eau des ruisseaux le long du chemin.

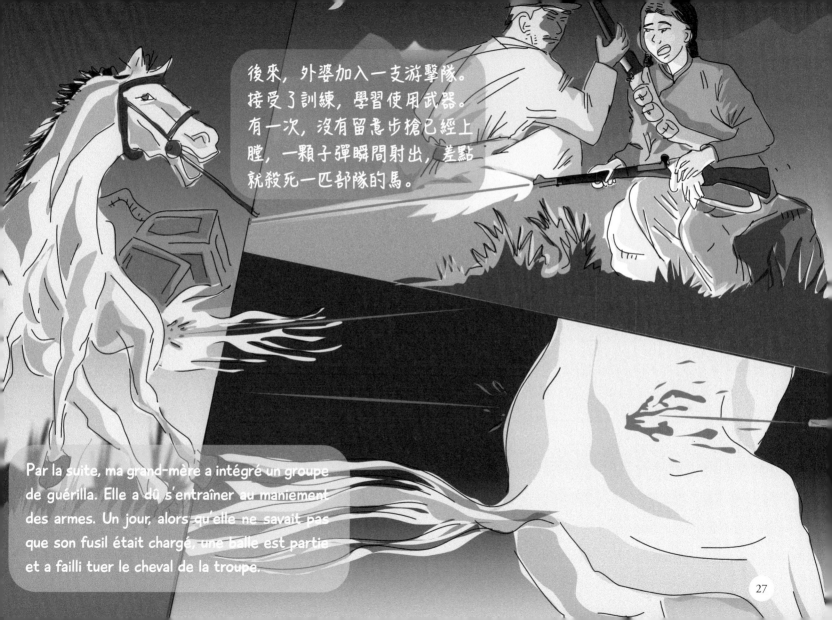

後來，外婆加入一支游擊隊。
接受了訓練，學習使用武器。
有一次，沒有留意步槍已經上
膛，一顆子彈瞬間射出，差點
就殺死一匹部隊的馬。

Par la suite, ma grand-mère a intégré un groupe
de guérilla. Elle a dû s'entraîner au maniement
des armes. Un jour, alors qu'elle ne savait pas
que son fusil était chargé, une balle est partie
et a failli tuer le cheval de la troupe.

曾外祖父來到台灣後幫助過很多人。所以，每年生日時，總有很多人到家裏為他慶生。

Après son arrivée à Taïwan, mon arrière-grand-père a aidé beaucoup de personnes. C'est pourquoi, chaque année, beaucoup de monde venait chez nous pour fêter son anniversaire. Ils s'attablaient tous ensemble pour jouer au mah-jong.

他們會一起打麻將，邊說著往事、聊著內戰和國民黨的敗退等。他們常說，打仗期間沒東西可吃，餓到只能舔冰柱來療飢。

Au cours de ces parties, ils aimaient se remémorer le passé. Ils parlaient de la guerre civile, de la défaite et du repli du Kuomintang. Ils disaient souvent que pendant la guerre contre les communistes ils avaient si faim à tel point que quelquefois ils n'avaient pour se nourrissant de la glace des stalactites.

一把埋在院子裡的槍

Le fusil enterré dans le jardin

日據時代，我的外曾祖父為了打山豬，買了一把槍。過了幾年，警察卻來逮捕我爺爺，說他涉嫌非法持有武器，並且參與了二二八事件。

Pendant la période coloniale japonaise, le père de ma grand-mère paternelle avait acheté un fusil pour chasser le sanglier. Quelques années plus tard, la police est venue arrêter mon grand-père : il était soupçonné de détenir illégalement une arme et d'avoir participé au soulèvement du 28 février (1947).

我大伯去了派出所，得知，原來有人告發我爺爺。為了要找到這把槍，大伯就在山裡走了八個鐘頭，才回到外曾祖父家。在一堆木料底下，發現這把早已生鏽的槍，連夜就把槍埋了。

Mon oncle s'est alors rendu au bureau de police. C'est là qu'il a appris que mon grand-père avait été dénoncé par quelqu'un. Décidé à trouver l'arme, il a marché huit heures dans la montagne pour se rendre dans la famille de mon arrière-grand-père. Il a fini par trouver le fusil enfoui sous un tas de bois : il était complètement rouillé. Il a attendu la nuit pour l'enterrer.

之後我們才知道，其實是有人與警察鬧糾紛，並且偷偷向警察開槍報復。為了找替死鬼讓自己脫身，就指控我爺爺持槍，害我爺爺被判處 120 天的監禁。

Plus tard nous avons compris ce qui s'était passé : quelqu'un avait eu un différend avec un policier et, sans que personne le voie, avait tiré sur lui pour se venger. Pour se dédouaner, il avait fait accuser mon grand-père, qui a été condamné à 120 jours de prison.

二二八補償條款

直到近年，父親知道政府設立了補償條款，為爺爺取得二二八事件和白色恐怖的受難者身份，並且獲得賠償。

Grâce aux démarches de mon père, mon grand-père a obtenu le statut de victime des événements de 2.28 et de la Terreur blanche, et a pu recevoir des indemnités de réparation.

小蘭的回憶

Souvenirs de Xiaolan

—

籃球運動員

Le joueur de basket

1940年代初，
父親考上廣東師
範學院，於是離
開了家鄉貴州去
廣東唸書。

Au début des années 1940, quand mon père
a été reçu à l'École normale du Guangdong,
il a quitté sa terre natale, le Guizhou.

後來內戰爆發，他從軍去，敗戰後，就隨軍隊退到台灣。

Puis, quand la guerre civile a éclaté, il s'est engagé dans l'armée. Au moment de la débâcle, il est venu se réfugier à Taïwan.

他在部隊期間，開始打籃球。
退役後，就當了籃球教練。

Dans l'armée, il a toujours joué au basket.
Puis, à la retraite, il est devenu entraîneur.

在台灣，由於他教過的學生中有兩名後來當上職業球員，所以父親還頗有名氣，也因此上過電視。

Il est assez connu à Taïwan car, parmi ses élèves, deux sont devenus des joueurs professionnels. Il est même passé à la télévision.

寡言的老榮民

Le cœur silencieux du soldat

父親當初一個
人來到台灣。
而小他五六歲
的弟弟，則留
在大陸。

Mon père est venu
seul à Taïwan. Il a un
petit frère, plus jeune
que lui de cinq ou six
ans, mais qui est resté
en Chine.

46

父親很少提及初到台灣的事，卻總是說起自己在部隊裡打籃球的點滴。奶奶也留在大陸，所以父親也就再沒見過奶奶了。我想父親應該很想他們，即便他什麼也沒說。在軍中，他們是不會去提這些事的。

Mon père ne parle pas des premiers temps de son arrivée à Taïwan. Ce dont il parle, c'est du fait qu'il a toujours joué au basket dans l'armée. Mais sa mère est restée là-bas, il n'a jamais pu la revoir. Il doit y penser, même s'il n'en parle pas. Dans l'armée, on ne parle pas de ces choses-là.

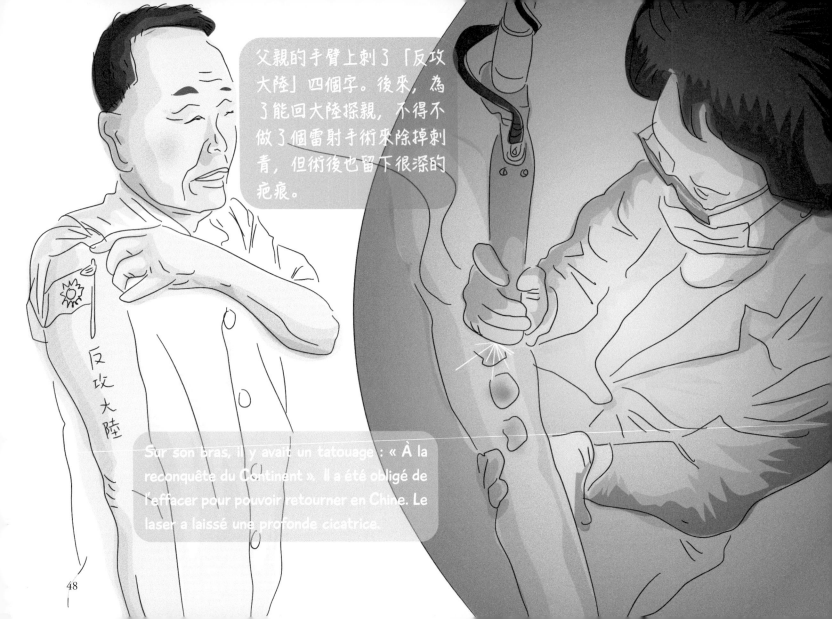

現在，過得還算開心。每次打完球，就和同是老榮民的朋友聚在一起、吃飯、打麻將⋯

Mais maintenant, sa vie est heureuse. Après le basket, il sort avec ses amis. Ce sont tous de vieux vétérans. Ils vont manger ensemble, jouer au mah-jong...

童養媳

Mariée dès l'enfance

1940年代，外公由於朋友的幫忙來到台灣，在金瓜石礦區工作。

Mon grand-père maternel est venu à Taïwan dans les années 1940 pour travailler dans les mines de Jinguashi. C'est un de ses amis qui l'a fait venir.

外婆是俗稱的「童養媳」。小時候就被送到外公家，預備將來長大後，就嫁給外公。僅因媒婆之舉，把兩人牽在一起，也就牽了一輩子。

Ma grand-mère est ce que l'on appelle une Tongyangxi. Enfant, elle a été envoyée dans la famille de mon grand-père en vue de devenir son épouse plus tard. C'est une entremetteuse qui a fait qu'ils se sont retrouvés ensemble, et cela a duré toute leur vie.

但外公剛來台灣時，他們倆還沒結婚。外公先一個人過來，外婆隨後才來跟他會合。

Quand mon grand-père est arrivé à Taïwan, ils ne s'étaient pas encore mariés. Il est venu seul, puis elle l'a rejoint.

外婆的客家台語

Le hakka-taïwanais de grand-mère

客家電台

我的外公外婆都是從廣東來的客家人，他們說的客家話腔調和台灣說的不太一樣。

Mes grands-parents maternels sont hakka. Ils viennent du Guangdong. Le hakka qu'ils parlent est différent de celui de Taïwan. L'accent est différent.

外婆聽客語廣播的時候，
有些內容她也會聽不懂。

客家電台

Quelquefois, quand ma grand-mère écoute la radio en langue hakka, il y a des choses qu'elle ne comprend pas.

外出時，外婆就會說著一種「客家台語」，也就是有客家腔調的台語。

Quand elle sort, elle parle une sorte de hakka-taïwanais : le taïwanais avec un accent hakka.

因為菜市場裡很多人講台語，所以外婆也就嘗試著說台語。

Au marché, beaucoup de personnes parlent le taiwanais. Alors, elle aussi, elle essaye de le parler.

戒嚴時期

La période de loi martiale

這封信得先到香港再轉到大陸。

10099

郵局第五〇〇〇號信箱 收

臺北市

香港·內詳

縣市

鄉鎮
市區

—

阿旺的回憶

Souvenirs d'Awang

—

留學日本的爺爺

Grand-père a fait des études au Japon

日劇時代，家裡有經濟能力
供我爺爺讀書，於是他到了
日本京都同志社大學就讀，
成為一名知識分子。

Pendant la période coloniale, mon grand-père a eu la chance de faire des études. Il a intégré l'Université de Dōshisha de Kyoto. C'était un lettré, un intellectuel.

白色恐怖期間，爺爺經歷過許多讓他留下心理創傷的事件，從此就不再關注政治。他燒掉大部分的藏書，讓自己活在沈默裡。

Il a été très marqué par la période de Terreur blanche. Du jour au lendemain, il s'est désintéressé de la politique. Il a brûlé une grande partie de ses livres et s'est muré dans le silence.

白色恐怖

La Terreur blanche

我爺爺的舅舅曾是台灣共產黨黨員。二二八事件發生後，他逃到我爺爺家避難。

L'oncle maternel de mon grand-père était membre du Parti communiste taïwanais. Après les événements de 2.28, il est venu se réfugier dans notre famille.

74

爺爺奶奶對此隻字不提，家長們也都禁止孩子們上頂樓。

Un jour, sans aucune explication, les parents ont interdit aux enfants de monter au dernier étage de la maison.

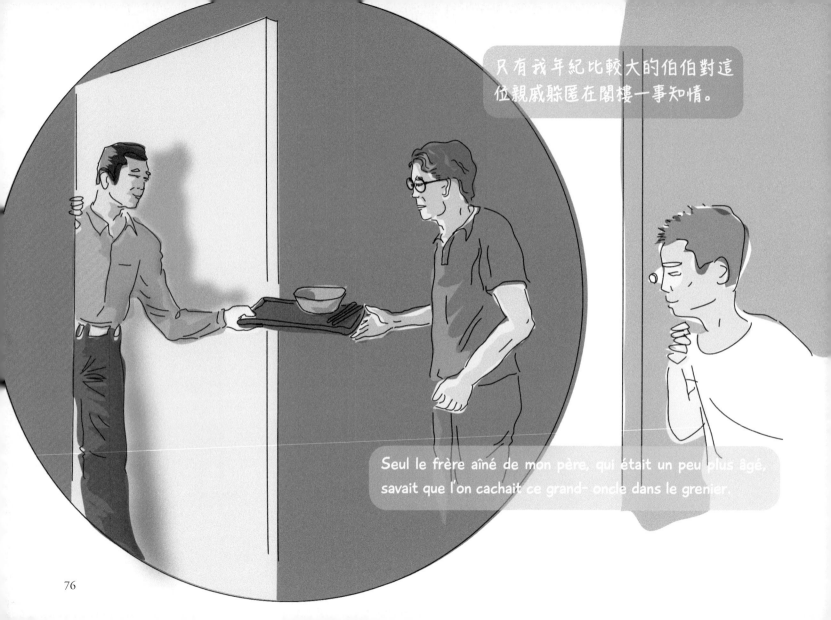

只有我年紀比較大的伯伯對這位親戚躲匿在閣樓一事知情。

Seul le frère aîné de mon père, qui était un peu plus âgé, savait que l'on cachait ce grand-oncle dans le grenier.

當時我爺爺總覺得自己被人跟踪，讓他感到緊張。每天晚上都叫家人用家具堵住門口。

À cette époque, mon grand-père avait toujours l'impression d'être suivi. Il était très inquiet. Tous les soirs, il demandait à la famille de bloquer la porte de la maison avec des meubles.

台共黨員的大哥

Le grand frère du communiste

1930 、40年代，無論是在台灣或在日本的台灣人他們的前景都十分受限。於是當中就有不少人前往滿洲碰碰運氣。

Dans les années 1930 et 1940, que ce soit à Taïwan ou au Japon, les perspectives pour les Taïwanais étaient très limitées. C'est pourquoi beaucoup d'entre eux partaient tenter leur chance en Mandchourie.

這位躲在閣樓裡的親戚有個哥哥，小時候念過私塾學習四書五經因而會說國語，所以就決定到滿洲發展。

Le frère aîné de ce grand-oncle caché dans le grenier avait fait des études classiques et parlait le mandarin. Il décida lui aussi de se rendre en Mandchourie.

他認識一位與汪精衛關係密切
的日本將軍。透過這位將軍牽
線，進入南京政府。今日，他
應該會被人視為「漢奸」，但
事實上，他卻從未遭到審判。

Il connaissait très bien un général de l'armée japonaise,
proche de Wang Jingwei. C'est grâce à lui qu'il a pu rejoindre
le gouvernement de Nankin. Aujourd'hui, on le qualifierait de
« traître à la nation ». Mais, en fait, il n'a jamais été jugé.

戰爭結束後，他逃離中國回到台灣，就定居在台東。從此，就特別喜歡講述他的過往經歷。

À la fin de la guerre, il a fui la Chine ; il est revenu s'installer à Taiwan, à Taidong. Depuis, il adore raconter son histoire.

被賣做養女的外婆

Grand-mère a été vendue comme fille adoptive

我外婆父母家非常貧窮，甚至到了忍飢挨餓的地步。他們過世時，還只能穿著用粗麻布袋做成的壽衣下葬。因此，外婆小時候被賣到別人家。

Les parents de ma grand-mère maternelle étaient très pauvres, au point de souffrir de la faim. À leur mort, ils portaient encore des sacs en toile de jute en guise de vêtements. C'est pourquoi, alors qu'elle était encore enfant, ma grand-mère a été vendue à une autre famille.

在她十四或十五歲時，又被她的養父母賣到了酒家。在那裡，遇到我的外公。外公比她年長約二十歲，為她贖了身，而外婆則做了他的小妾。

Puis, à l'âge de quatorze ou quinze ans, ses parents adoptifs l'ont vendue à un cabaret pour y être hôtesse. C'est là qu'elle a rencontré mon grand-père, de presque vingt ans son aîné. Il l'a achetée pour qu'elle devienne sa concubine.

外公的公司破產時，債主來討債。那時，即使我外婆需要照顧好幾個孩子，也得開始工作賺錢。而且，為了躲債，一家人不停地搬家。

Lorsque l'entreprise de mon grand-père a fait faillite, les créanciers sont venus réclamer leur argent. Ma grand-mère, qui avait alors plusieurs enfants à charge, a dû commencer à travailler. Par la suite, la famille n'a cessé de déménager pour fuir les créanciers.

在我國小一年級或二年級的時候，外婆就到了一間寺廟決定出家當尼姑。

Lorsque j'étais en première ou deuxième année du primaire, ma grand-mère s'est retirée dans un monastère pour devenir moniale bouddhiste.

—

小妹的回憶

Souvenirs de Xiaomei

—

兒時

L'enfance

我父親以前是一名漁船船長，一出海捕魚，就是好幾個月。

Mon père était capitaine de chalutier ; il partait pendant plusieurs mois en mer pour pêcher du poisson.

我出生時，小阿姨還是個學生，小時候都是她在照顧我。母親工作很辛苦，得修補漁網。

Quand je suis née, ma tante était encore étudiante ; c'est elle qui s'est occupée de moi. Ma mère travaillait dur, elle réparait les filets de pêche.

95

我念小學時，有次父親出海，剛到菲律賓的一個港口就碰上了颱風，船徹底被摧毀。漁船被毀了之後，我們家也就失去了唯一的財產。幸好，船上的所有人都平安無事！

Quand j'étais en primaire, mon père a été pris dans un typhon alors qu'il venait d'arriver dans un port des Philippines. Le chalutier a été complètement détruit. C'était notre seul bien : nous avons tout perdu ! Mais, heureusement, l'équipage était sain et sauf !

96

後來，父親就決定換工作，開始學習做菜，並開了一家餐館。
父親說，在菲律賓遭遇颱風那次，還好有神明的保護。

Mon père a décidé de changer de métier, il a appris la
cuisine. Et puis, ensuite, il a ouvert un restaurant.
Mon père dit qu'aux Philippines, pendant le typhon, il
a été protégé par les dieux.

家裡來了一位陌生人

Un étranger dans la famille

小阿姨的先生是個外省人。
姨丈的家人來提親時，氣氛
有點奇怪。外公外婆只會說
台語和日語，而對方父母就
只會說國語。

Le mari de ma plus jeune tante est un Waishengren. Lorsque sa famille est venue faire la demande en mariage, l'ambiance était un peu particulière : mes grands-parents ne parlent que le taïwanais et le japonais, et les parents de mon oncle ne parlent que le mandarin...

但關於婚禮儀式的部分倒是沒什麼差別。

Les rites du mariage sont les mêmes de chaque côté.

婚後，小阿姨告訴我，他們家的祭祖方式很不一樣，尤其是貢品的種類。

Mais, d'après ce que m'a dit ma tante, la façon de rendre hommage aux ancêtres est très différente : les offrandes de nourriture notamment ne sont pas les mêmes.

103

外公眼裡的台灣

Le Taïwan de grand-père

外公經常跟我講起日
治時代的事。在我們
家附近有個完全由日
本人建造的社區。

Mon grand-père parle souvent de la
période japonaise. Près de chez nous,
il y a un quartier qui a été entièrement
construit par les Japonais.

106

當他還小的時候，某天，在不知不能做的情況下，撈了某間神道教寺院池裡的魚。

Un jour, quand il était enfant, il a pêché des poissons dans le bassin du temple Shinto. Il ne savait pas que c'était interdit.

因此，就被警察抓了。幸好寺院的住持
幫外公說了情。這位住持認識我外公，
因為他經常請我外公幫忙整理寺院。

Il a été attrapé par un policier mais, heureusement, le
responsable du temple a pris sa défense. Il connaissait
bien mon grand-père car il lui demandait souvent de
faire de petits travaux d'entretien.

外公向來就很喜歡日本人，也非常懷念日本殖民時期。他經常說想去日本。但後來當家裡有能力送外公去日本旅行時，外公已經太老了。 所以，他心理總有個心願，希望死後可以把他安葬在一個日本式的墳墓裡。

Mon grand-père apprécie beaucoup les Japonais et il est très nostalgique de cette période. À plusieurs reprises, il nous a dit vouloir se rendre au Japon. Mais quand la famille a enfin eu les moyens de lui offrir le voyage, c'était trop tard : il était trop âgé... Alors il a fait un vœu, celui de reposer, après sa mort, dans une tombe construite sur le modèle japonais.

不安和不信任

Crainte — Méfiance

在我的法語課班上有幾位中國學生。某天，老師要我們介紹自己國家特有的風俗習慣。

Dans ma classe de français, il y avait des élèves chinois. Un jour, le professeur nous a demandé de présenter des coutumes, des usages propres à notre pays.

當我開始做報告時，有位中國學生刻意別過頭不看我，讓我感到很不可思議！

Quand j'ai commencé à faire ma présentation, il y a un élève chinois qui a tourné la tête pour ne pas me regarder. C'était incroyable !

另一天我和其他學生討論著書籍的排版。我說，台灣書籍的文字排列基於傳統漢字書寫格式，漢字通常為由上往下撰寫，而行與行的排序則從右到左。而這位中國學生卻說，中國和西方一樣，文字和句子都是從左往右的橫式書寫。因此他說他們比我們更先進…

Un jour, j'ai parlé de la mise en page des livres avec un autre élève. J'ai dit qu'à Taïwan, les livres étaient écrits de la droite vers la gauche et que les caractères étaient tracés à la verticale, que c'était le mode traditionnel d'écriture des caractères chinois. Il a dit qu'en Chine, c'était comme en Occident, qu'ils écrivaient de la gauche vers la droite et que les phrases étaient organisées à l'horizontale. Il a dit qu'ils étaient plus évolués que nous....

還有一次，我在地鐵上遇見班上的一位中國學生。聊天時，我提到「你們在中國…」，他馬上就生氣表示怎麼可以把中國和台灣做區分。後來整個路程裡，我們就不再說話了。

Une autre fois encore, j'ai rencontré un élève chinois dans le métro. À un moment donné, j'ai dit : « Ah, vous en Chine… » ; il s'est alors mis en colère en disant qu'il n'était pas normal de faire la différence entre les Chinois et les Taïwanais. Nous n'avons plus parlé de tout le trajet…

—

小玉的回憶

Souvenirs de Xiaoyu

—

書法老師

Le professeur de calligraphie

我和我哥跟同一位來自中國大陸的老師學過書法。老師當時年紀已經很大了。不知是從大陸哪個省來的，但有著很重的口音。書法課就在他家上。

Mon frère et moi avions le même professeur de calligraphie. C'était un homme très âgé qui venait du Continent. Je ne sais pas de quelle province il venait, mais en tout cas il avait un très fort accent. Les cours avaient lieu chez lui.

老師和一個台灣人結婚，生了五個女兒。

Il avait épousé une femme taïwanaise et ensemble ils avaient eu cinq filles.

121

老師很嚴格，要求也很高，尤其是對我哥哥。
每次上完課，老師都要我哥哥留下來繼續寫，
一直練習…因為老師很欣賞我父親，或許也就
是用這種方式來表達對我父親的敬意…

Il était très exigeant et très sévère,
surtout avec mon grand frère. Il lui
demandait de rester après chaque
cours et de continuer à écrire, écrire...
Il aimait beaucoup mon père ; c'était
sans doute une manière de lui exprimer
son respect...

孤獨的童年

Une enfance solitaire

我母親總是不停地工作。現在她就會說挺後悔的。年輕時太過認真，把工作當一回事，就做過頭了。

Ma mère a toujours beaucoup travaillé. Maintenant, elle dit qu'elle regrette, qu'elle prenait les choses trop au sérieux, qu'elle en faisait trop.

那時，她的同事們總是準時下班，而我母親卻常常加班，老是在做那些時間到就下班的人留下來的工作。

Ses collègues partaient toujours à l'heure. Ma mère, elle, faisait des heures supplémentaires. En fait, elle finissait souvent le travail que les autres laissaient pour rentrer chez eux.

有時，外婆會來陪我。但外婆年紀很大了，話也很少。

Quelquefois, ma grand-mère venait et restait avec moi. Elle était très âgée et ne parlait pas beaucoup.

兜風

L'escapade

某天，母親告訴我一件
有趣的事。有次她開車
載我和外婆去兜風。

Un jour, ma mère m'a raconté quelque
chose de drôle. Elle m'a dit qu'une fois,
elle nous avait amenées, ma grand-mère et
moi, pour une grande balade en voiture.

就這樣一路開著、開著、開著車⋯

Et nous avons roulé, roulé, roulé...

Partie II

Évocations chinoises 中国的追忆

—

阿远的记忆

Souvenirs d'Ayuan

—

一路逃难的姥姥

L'exode de grand-mère

当年为了躲饥荒，太姥爷和太姥姥带着年幼的姥姥一起闯关东，来到辽宁的丹东。

Petite, ma grand-mère maternelle a fui vers le Nord avec ses parents pour éviter la famine. Ils ont traversé la passe de Shanhai et sont allés s'installer à Dandong.

一家人好不容易在丹东落了脚，等到姥姥自己成家后却赶上抗美援朝。由于姥爷工作的工厂搬迁，他带着新的一家子随厂子在佳木斯安顿下来。

Pendant la « Guerre de résistance aux États-Unis et de soutien à la Corée », toute la famille a dû suivre les déplacements de l'usine dans laquelle travaillait mon grand-père. Ils ont fini par s'établir à Jiamusi.

据说那儿的冬天特别冷，最冷能到零下三十度。一出火车站，姥姥就一路小跑着去买棉鞋棉帽，生怕孩子们冻着。

L'hiver y était glacial, la température pouvait descendre jusqu'à moins 30°C. Dès la descente du train, ma grand-mère a couru acheter des chaussures et des bonnets matelassés pour ses enfants.

在东北的生活

Une vie dans le Nord-Est

爸爸是在湖北农村长大的，他时常跟我提起小时候被地主家虐待的悲惨遭遇，因为那个年代中国还没解放。

Petit, mon père vivait dans une zone rurale du Hubei ; il m'a raconté avoir été maltraité par les enfants du propriétaire terrien. En ce temps-là, la Chine n'avait pas encore été libérée.

新中国成立后，在东北从事革命工作的爷爷回到家乡，把爸爸接去东北山区一起生活。

Après la victoire des révolutionnaires, mon grand-père paternel est venu le chercher pour l'emmener vivre dans les montagnes du Nord-Est.

149

爷爷当时是战俘营的一名警卫，
负责看管收押的国民党军官。

À l'époque, mon grand-père était gardien dans un camp de prisonniers : il surveillait des officiers du Kuomintang.

起初爸爸的身体状况很差，后来多亏了山里的草药，他才逐渐复原。

曾经的苦难

Les racines sauvages

154

随之而来的三年自然灾害，让青春年少的他们尝尽辛酸：没米！没油！没肉！很多老百姓甚至靠山里挖来的野菜、草根和树皮活命。

Ils étaient encore adolescents pendant la Grande Famine... Il n'y avait pas d'huile, pas de céréales, pas de viande... Les gens devaient aller jusque dans les montagnes chercher des herbes sauvages pour se nourrir. Ils creusaient aussi la terre pour trouver des racines et consommaient l'écorce des arbres.

如今已逾九十高龄的
姥姥仍旧回山里挖野
菜，这是她纪念过去
的一种方式。她还是
和当年一样煮野菜，
让我们跟着吃。

Ma grand-mère a maintenant plus de 90 ans. Elle retourne souvent dans la montagne cueillir ces herbes sauvages ; c'est sa façon à elle de se remémorer le passé. Elle les cuisine comme à l'époque et nous les mangeons tous ensemble.

爱国主义教育

L'éducation patriotique

158

我们还要看很多爱国主义色影的电影和演出。

À partir de l'école primaire, on nous faisait regarder des films et des spectacles patriotiques.

至于那些民族英雄的故事，尤其是抗战和解放战争的英雄，比如红军、八路军、新四军中幸存的指战员，以及参加对越自卫反击战的老兵，我们更是听了不计其数。

Nous écoutions aussi de nombreux récits relatant l'épopée des héros nationaux : les héros de guerre. Il s'agissait d'anciens combattants de l'Armée rouge, de cadres vétérans et de soldats de l'Armée de libération. Ils avaient participé à la guerre de résistance contre le Japon, et aux luttes de libération nationale en Chine et au Viêt Nam.

161

和一个台湾人的小插曲

Altercation avec un Taïwanais

那一天，我在楼下洗衣房碰见一个台湾人，我和他随之进行了一场有声有色的讨论：大陆和台湾两个政府到底谁更腐败？

Un jour, alors que j'étais dans la laverie en bas de mon immeuble, j'ai eu une discussion avec un Taïwanais. Nous avons parlé de politique, et nous nous sommes accrochés sur le fait de savoir lequel de nos deux gouvernements était le plus corrompu.

他接着又提到他的一个朋友，到大陆投资失败，因为没有"关系"，根本做不到生意。这个朋友感觉自己被大陆人忍悠了，另外，地方职能机构简直腐败透了！

Alors il m'a parlé d'un de ses amis qui avait investi sur le Continent. Il m'a dit qu'il n'avait pas réussi à tisser de relations, et que son affaire n'avait jamais décollé. Il pensait qu'il s'était fait piéger par les Chinois et que les instances politiques locales étaient complètement corrompues.

我当时想，这个台湾人是不是对大陆有偏见，台资企业在内地数不胜数，总不能说大家都被骗了吧。

Je me suis dit qu'il avait une vision biaisée de la Chine. Il y a tellement d'entrepreneurs taïwanais sur le Continent ; ont-ils vraiment tous été escroqués ?

—

小英的记忆
Souvenirs de Xiaoying

—

出走的女儿

Les fugues

在我的童年时代，很多家庭对子女的教育非常严格。我还在上小学二年级时，一天早上，地上有一个破了的茶杯，被妈妈看到了。她很生气地把我叫过去，而我并不清楚罪魁祸首究竟是猫还是我自己。

Quand j'étais petite, l'éducation des enfants était très sévère. Un matin, alors que j'étais en deuxième année de primaire, ma mère a retrouvé une tasse de thé brisée sur le sol. Elle s'est beaucoup fâchée contre moi. En fait, je ne sais plus si c'est le chat ou moi qui l'avait faite tomber.

172

我生气地拿起破茶杯，不顾穿着拖鞋和睡衣，就逃出了家门。整整一天我都在小区里游荡，要不是天黑，我还不打算回家呢。

Sous le coup de la colère, j'ai pris la tasse et je me suis enfuie de la maison, en pantoufles et en pyjama. J'ai passé toute la journée dehors à marcher dans le quartier. Ce n'est qu'à la nuit tombée que j'ai décidé de rentrer.

十岁那年，妈妈坚持给我报了奥数班，每个周日送我上课。有一回，她刚从校门口离开，我转身就和小伙伴开溜了。

À l'âge de dix ans, ma mère m'obligeait à suivre des cours de soutien pour les Olympiades de mathématiques. Cela avait lieu le dimanche. Une fois, alors qu'elle m'avait déposée devant l'école, j'ai attendu qu'elle parte pour filer avec une de mes camarades.

学校旁边有一片蒲公英田，小伙伴带我去了那儿。我们玩得太开心了，竟连时间都忘了！晚上回家后，我才知道爸爸四处找我，他生气极了。

Cette amie m'a alors emmenée dans un champ de pissenlits, tout à côté de l'école. Nous nous sommes tellement amusées que nous n'avons pas vu le temps passer. Lorsque je suis rentrée le soir, mon père était furieux. Il m'avait cherchée partout.

当过红卫兵的老爸

Mon père a été Garde rouge

老爸年轻时当过红卫兵，不仅抄过别人的家，还贴过大字报。

Mon père a été Garde rouge.
Il a fouillé les maisons et a
écrit des dazibao.

那会儿他还是个半大小子，谁承想他竟然不声不响地瞒着家里人，坐上了去北京的火车，混在一帮比他大几岁的哥哥姐姐当中。据说，文革初期红卫兵乘火车是不用买票的。

C'était un adolescent à l'époque. Un jour, sans rien dire à sa famille, il a pris le train pour Pékin. Il s'est retrouvé avec des jeunes un peu plus âgés que lui. C'était le début de la Révolution culturelle, et aucun d'entre eux n'a eu besoin de payer son billet.

一到北京，他们就直奔天安门广场。
毛主席在广场中央冲他们亲切挥手。

Arrivés à Pékin, ils se sont rendus sur la place Tian'anmen ;
ils y ont vu le président Mao qui les saluait de la main.

没过多久，老爸就去农村插队了，跟铁匠师傅学徒，可他连铁锤都拿不动。

Plus tard, il a été envoyé à la campagne pour devenir forgeron, mais il n'avait même pas la force de soulever le marteau.

传统的中国妇女

Une femme traditionnelle

奶奶生在知识分子家庭，这使得她有机会接受新式教育。她没有裹脚。

Ma grand-mère est issue d'une famille de lettrés. Elle a pu faire des études conformes aux principes de la Nouvelle éducation. Elle n'a pas eu les pieds bandés.

爷爷跟奶奶结婚后，在外面又娶了一房，并且搬出去住了。奶奶当然很伤心，却从来没在外面抱怨过。

Mon grand-père a pris une concubine, avec qui il s'est installé. Malgré sa tristesse, ma grand-mère ne s'en est jamais ouvertement plainte.

185

奶奶是一个很和气的女人，在她看来，最重要的事儿莫过于照料自己的三个儿子。

Elle était d'une nature très douce.
Elle pensait que le plus important
était de s'occuper de ses trois fils.

那个女人死了，奶奶派家里的老大去吊丧。

Lorsque la concubine de mon grand-père est décédée, ma grand-mère a demandé à son fils aîné d'aller aux funérailles présenter des condoléances.

187

海峡两岸

Les relations inter-détroit

我的法语老师有一次在课堂上说，"台湾是一个自主的国家"。

Taïwan

un pays ?

Un jour, lors d'un cours de français, notre enseignante a dit : « Taïwan est un pays à part entière. »

我连忙起身反驳，指出老师的错误。根据官方展示的资料，我告诉她：清朝时期就在台湾设立行省了。

Je me suis levée pour donner mon point de vue et réfuter ce que venait de dire l'enseignante. J'ai donné des arguments tirés du discours officiel pour montrer que, d'un point de vue historique, Taïwan était bien une province chinoise.

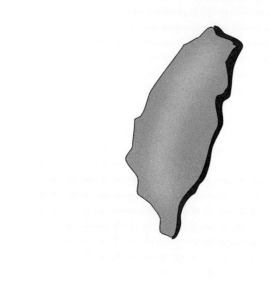

此后，我查阅了不少相关资料。随着对更多历史细节的了解，我逐步转变了看法。现在，我觉得，台湾的事情还是要由台湾人自己解决。

J'ai beaucoup lu sur le sujet par la suite. J'ai pu comprendre plus de choses, notamment sur l'histoire, et mon opinion a évolué. Aujourd'hui, je pense que le destin de Taïwan est entre les mains des Taïwanais, c'est à eux de faire leurs propres choix.

—

阿文的记忆

Souvenirs d'Awen

—

1937年日军打过来时，爷爷躲进了村子附近的德国教堂。那是方济各会所辖教堂，日本兵可不敢乱闯。

En 1937, quand les troupes japonaises sont entrées dans son village, mon grand-père paternel a couru se réfugier dans l'église. C'était une église franciscaine tenue par des prêtres allemands. Les soldats n'ont pas osé y pénétrer.

那时候爷爷还不到二十岁。他告诉我，日军很野蛮，他们不仅杀光村里的青壮年男子，还奸淫妇女，连老人和孩子都不放过，所以老百姓叫他们"鬼子"。

Mon grand-père avait un peu moins de vingt ans. Il m'a dit que les Japonais étaient féroces : ils tuaient systématiquement tous les jeunes gens. Quelquefois, ils s'en prenaient aussi aux femmes et aux personnes âgées, même les enfants n'étaient pas épargnés. Les gens les traitaient de « démons ».

神职人员的生活条件很
艰苦，他们跟村民们吃
一样的饭菜，穿一样的
衣服，说一样的方言，
简直与当地人无二。

Les prêtres avaient des conditions de vie très difficiles. Ils étaient très proches de la population :
ils s'habillaient comme les gens du peuple, mangeaient comme eux et parlaient les dialectes locaux.

每到节日，他们还给孩子们分发糖果。

Au moment des fêtes, ils distribuaient des bonbons aux enfants.

地下党在学校

L'infiltré

由于日军大轰炸，外公就读的高中从西安迁到较偏僻的地区。他的同学当中有一个是"三青团"的头儿。

Lors des premiers bombardements japonais, mon grand-père maternel et ses camarades de lycée ont quitté Xi'an pour se rendre dans des zones plus reculées. Il y avait parmi eux le responsable du Groupe des jeunes des Trois principes du peuple.

于是外公明白了，原来这家伙是地下党。外公胆小，就把书烧了。后来这个同学问他：书读得怎么样，他不敢说实话，只说书丢了、找不到了……

C'est là que mon grand-père a compris qu'il s'agissait en fait d'un membre de la structure clandestine du Parti communiste. Il a pris peur et a brûlé le livre. Quand son camarade lui a demandé ce qu'il en avait pensé, il n'a pas osé lui dire la vérité, il lui a dit qu'il l'avait perdu, qu'il ne le retrouvait plus...

外公参军的愿望泡汤了

Grand-père empêché de faire la révolution

外公被好几所大学录取，他最终选了山东的一个学校。他想学法律，将来当法官。

法官

Mon grand-père a réussi les concours de plusieurs universités. Il a choisi celle située au Shandong. Il voulait faire des études de droit pour devenir juge.

开学前夕，学校寄来通知，由于陇海铁路被共产分子切断，他不能去学校了。他因此去甘肃报了兰州大学。

隴海鐵路

Mais peu de temps avant le début des cours, l'Université l'a prévenu que la voie ferrée « Longhai » avait été coupée par les communistes et qu'il ne pourrait passer. Il a alors décidé de s'inscrire à l'Université de Lanzhou dans le Gansu.

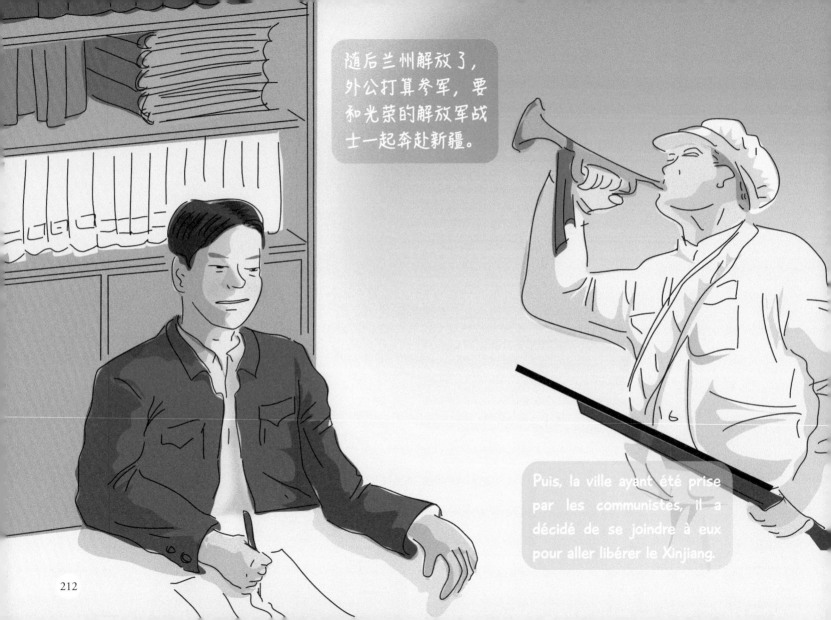

随后兰州解放了，外公打算参军，要和光荣的解放军战士一起奔赴新疆。

Puis, la ville ayant été prise par les communistes, il a décidé de se joindre à eux pour aller libérer le Xinjiang.

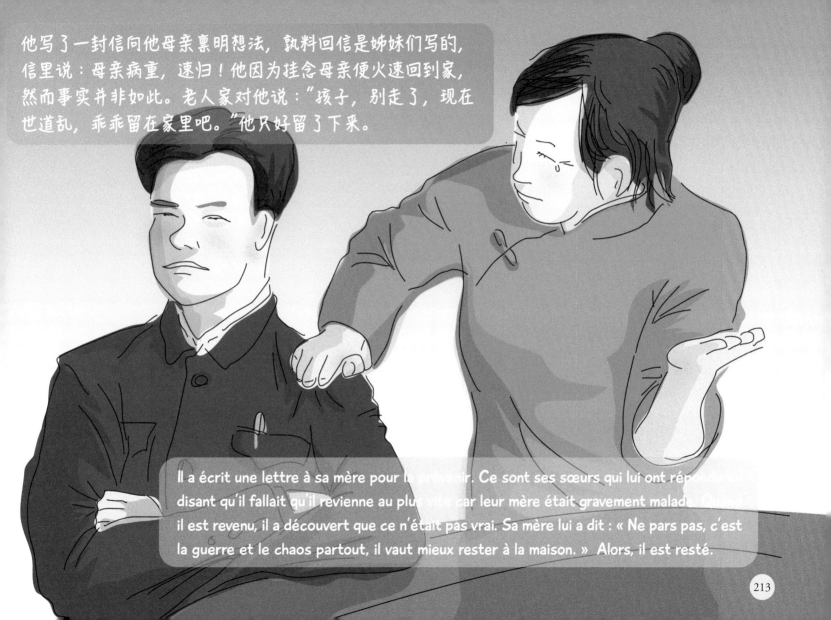

他写了一封信向他母亲禀明想法，孰料回信是姊妹们写的，信里说：母亲病重，速归！他因为挂念母亲便火速回到家，然而事实并非如此。老人家对他说："孩子，别走了，现在世道乱，乖乖留在家里吧。"他只好留了下来。

Il a écrit une lettre à sa mère pour le prévenir. Ce sont ses sœurs qui lui ont répondu, disant qu'il fallait qu'il revienne au plus vite car leur mère était gravement malade. Quand il est revenu, il a découvert que ce n'était pas vrai. Sa mère lui a dit : « Ne pars pas, c'est la guerre et le chaos partout, il vaut mieux rester à la maison. » Alors, il est resté.

祖坟没了

La tombe déplacée

大跃进伴随着三年自然灾害。
一场全国性的饥荒让老百姓苦
不堪言，尤其是农村地区。

Lors du Grand bond en avant, il y a eu trois années de
calamités naturelles. Les gens souffraient terriblement
de la faim, surtout dans les campagnes.

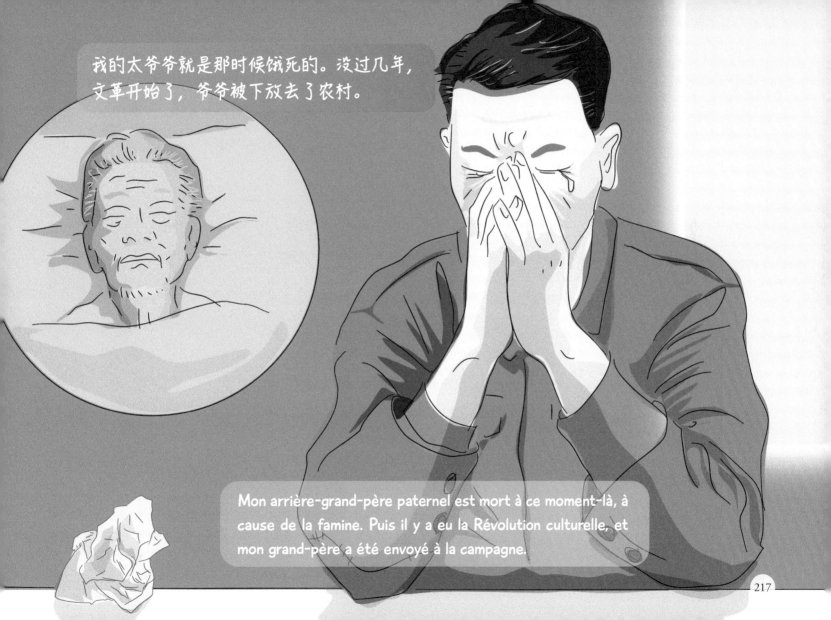

爷爷回来后，竟找不到太爷爷的坟。坟地迁走了。他的后半生都在寻找这个坟，却一无所获。

À son retour, il n'a pas retrouvé la tombe de son père. Elle avait été déplacée. Il l'a cherchée tout le reste de sa vie, en vain...

爷爷去世时，他的儿子们经过商议最终决定树一块大石碑，连同太爷爷、太奶奶、爷爷和奶奶的名字一起刻上。他们还提议让村里那些流落在外的冤魂都在大石碑上留下姓名。

Quand il est décédé, mon père et ses frères ont décidé de faire construire une grande stèle sur laquelle les noms de mes arrière-grands-parents et de mes grands-parents ont été gravés. Ils ont permis que les noms les personnes de la famille des tombes avaient décidé d'assister aussi y être inscrits.

219

屏幕后的偏见与陈词滥调

Préjugés et stéréotypes sur la toile

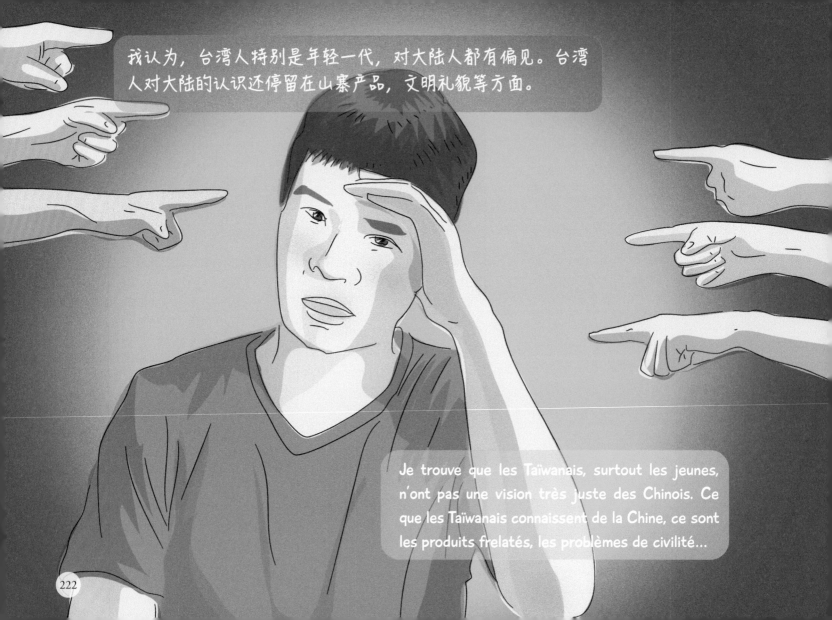

在他们眼里，大陆虽然经济发展迅猛，社会文化却停滞不前。此外，他们对简体汉字也不认同，在他们看来，那是残缺的汉字，而惟有台湾是汉字的正宗。

残體字！

Pour eux, nous développons notre économie de façon spectaculaire, mais nous ne faisons aucun progrès sur le plan de la culture sociale. Et puis, ils parlent aussi de l'écriture simplifiée, ils disent que ce sont des idéogrammes atrophiés... Ils disent que la véritable écriture chinoise se trouve à Taïwan.

223

有的人至今还在使用"支那人"这个称呼，要知道，那可是侵华战争时日本对中国人和华人的贬义词。

Il y en a aussi qui nous traitent de « Zhinaren ». C'est le terme qu'utilisaient les Japonais pour nous désigner comme peuple inférieur.

然而，大陆网民的语言暴力也颇多。有一些人竟主张武力解决台湾问题，网上曾流传这样一句话："宁可台湾不长草，也要收回台湾岛"。

Mais il y aussi beaucoup de violence du côté chinois. Certains disent qu'il faut régler la question de Taïwan par la force ; qu'il faut absolument libérer l'île même si cela devait conduire à empêcher l'herbe de repousser sur la terre de Taïwan .

—

小彤的记忆

Souvenirs de Xiaotong

—

朴实的生活

Une vie simple

我爸妈和爷爷奶奶及外公外婆都住在同一个城市，相距都不远。

Mes parents et mes grands-parents vivent dans la même ville, tout proches les uns des autres.

大年夜我们通常在奶奶家过。全家欢聚一堂，包饺子、吃年夜饭、聊天儿。

La veillée du Nouvel an lunaire se passe toujours chez ma grand-mère paternelle. Nous préparons les raviolis, puis nous mangeons et discutons tous ensemble.

然后，大家一起看春晚。年年如是。

Après le repas, nous nous mettons devant la télévision et nous regardons les programmes de la soirée. C'est ainsi tous les ans.

执拗的祖母们

Deux grands-mères tenaces

文革期间，我家没有一个人插过队。

毛主席语录
知识青年到农村去，接受贫下中农的再教育，很有必要

Chez nous, personne n'a été envoyé à la campagne pendant la Révolution culturelle.

原本大伯想去插队，奶奶不同意，让他等等再说，结果这一等就等来了停止上山下乡运动的政令。

Mon oncle paternel est le fils aîné de ma grand-mère. Quand il a voulu partir, elle s'y est opposée. Elle lui a demandé d'attendre un peu et, à force d'attendre, cette politique a fini par être abolie.

妈妈也是类似的情况，外婆始终不肯放她走，最终插队这事儿也黄了。

C'est pareil pour ma mère : ma grand-mère n'a jamais accepté de la laisser partir. Et, après un certain temps, tout était fini.

街上的红卫兵

Les Gardes rouges

姥爷是解放军的一名军官，参加了抗美援朝。

Mon grand-père maternel est un officier de l'Armée de libération. Il a participé à la Guerre de résistance aux États-Unis et de soutien à la Corée.

随后，全家都住进了军区大院。

C'est à ce moment-là que la famille a commencé à habiter dans les quartiers de garnison.

妈妈小时候经常趴在窗户边，看着街上的年轻人游行，唱歌，跳舞，他们是红卫兵。

Ma mère était petite à l'époque. De la fenêtre, elle voyait des jeunes qui défilaient, qui chantaient, qui dansaient. C'était les Gardes rouges.

地图上的两种颜色

Deux couleurs pour la Chine et Taïwan ?

在法国，世界地图上的台湾和中国是两种不同的颜色。

Sur les cartes du monde que j'ai vues en France, la Chine et Taïwan sont représentés avec deux couleurs différentes.

起初，我很惊讶，因为，中国大陆官方发行的世界地图把两者绘上了相同的颜色。毕竟，台湾被认为是中国的一个省。

Au départ, j'étais très étonnée car, Chine, comme Taïwan est considér comme une province chinoise, les couleu sont identiques.

再说，历史教材上提到：康熙皇帝任命福建水师提督施琅平定台湾，并最终统一中国。

De plus, il est dit dans les manuels d'histoire que l'Empereur Kangxi a confié à Shi Lang, l'amiral de la force naval du Fujian, la mission de pacifier Taïwan, et d'unifier ainsi la Chine.

而今，我对此类事件不再惊讶了，更不会心生不快。人人都有权按自己的想法看问题。只要别人尊重我的想法，我就不会去尝试改变人家的想法。

Mais maintenant, ce genre de choses ne m'étonne plus, ça ne m'offusque plus. Chacun pense comme il veut. À partir du moment où on respecte mon point de vue, je n'essayerai pas de changer celui des autres.

247

Partie III

Repères historiques 歷史點

Du pays des Manzhou au Mandchoukouo

Danielle Elisseeff

Manzhou （滿洲） désigne tant le peuple qui, en 1644, conquiert la Chine (où les Aisin Gioro fondent la dynastie des Qing 清 , 1644-1911) que son berceau originel : les « Trois provinces de l'Est » （東三省） dongsansheng, soit le Jilin, le Liaoning, le Heilongjiang, et une partie de la Mongolie-Intérieure.

En 1860, l'Empire russe en contrôle la partie septentrionale, puis construit (1903) le dernier tronçon du Transsibérien, reliant Harbin à Vladivostok. Ce territoire, dont les Mandchous avaient toujours strictement exclu les Chinois, prend ainsi son essor, d'autant plus qu'à partir de 1897, l'impératrice Cixi （慈禧太后） donne des directives permettant enfin aux Chinois de s'y implanter, ce qui provoque de grands mouvements migratoires.

Après la proclamation de la République (1912), le général Zhang Zuolin （張作霖 1875-1928) gère excellemment la région au point d'en faire un modèle de modernité.

En 1925, l'Union soviétique tente de prendre le relais, sans pouvoir empêcher l'implantation des Japonais qui, à partir de 1931 (incident de Moukden), en font la base de leur politique d'expansion sur le Continent : ils font venir cent mille fermiers de l'archipel.

En 1928, les Japonais assassinent le général Zhang Zuolin. Le 1er mars 1932, ils proclament la fondation du Manzhouguo (滿洲國) (prononcé Manshûkoku en japonais) dont l'empereur, investi deux années plus tard, sera Puyi (溥儀). Les puissances de l'Axe (Rome-Berlin-Tôkyô) reconnaissent l'une après l'autre le nouvel État (1932-1938) tandis que, le 31 mai 1933, Jiang Jieshi （蔣介石 - Chiang Kaï-shek) accorde aux Japonais (« accords de Tangkou », Tanggu xieding 塘沽協定), le droit de se déployer au Sud de la Grande Muraille.

La Seconde Guerre mondiale rebat les cartes : le 13 avril 1941, l'URSS signe un traité de non-agression avec le Japon, le « Pacte Nippo-soviétique », puis le rompt le 9 août 1945 et envahit alors la Mandchourie qui devient (1948), avec son appui, une base importante du PCC et de l'« Armée populaire de libération ».

Depuis 1949, on ne parle plus de « Mandchourie », mais de « Dongbei » (東北).

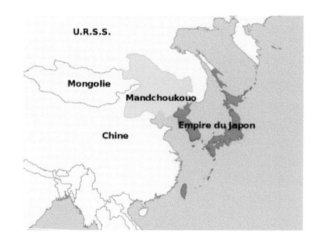

Wang Jingwei (汪精衛) et la collaboration avec le Japon

David Serfass

Entre juillet 1937 et octobre 1938, l'armée japonaise s'empare des provinces chinoises les plus développées. De Pékin à Canton et de Shanghaï à Wuhan, l'occupant comble le vide administratif provoqué par le transfert du parti-État nationaliste à Chongqing en recrutant des collaborateurs chinois pour gérer la crise des réfugiés, maintenir l'ordre et relancer l'économie. Ces structures administratives locales sont progressivement unifiées, sur le papier du moins : au niveau régional, avec l'établissement du Gouvernement provisoire de Pékin, en décembre 1937, et du Gouvernement réformé de Nankin en mars 1938 ; puis au niveau national, avec la fondation, en mars 1940, d'un Gouvernement nationaliste réorganisé que préside l'ancien Premier ministre Wang Jingwei. Ce dernier fait le choix de la collaboration au nom de l'anticommunisme et d'une paix censée lui permettre de poursuivre la construction nationale. Ses efforts pour incarner l'héritage de Sun Yat-sen se heurte toutefois à la mauvaise foi de l'occupant, aux luttes de factions entre collaborateurs et à l'entrée en guerre des États-Unis fin 1941, qui donne raison à Chiang Kaï-shek. Wang meurt en novembre 1944, peu avant que son régime ne disparaisse avec la reddition du Japon en août 1945. Archétype du « traître à la nation » (漢奸) en Chine, Wang Jingwei est régulièrement invoqué par les hommes politiques taïwanais issus du camp bleu comme du camp vert ; les premiers pour vilipender les indépendantistes, les seconds pour attaquer le Kuomintang.

Les événements du 28 février 1947 (2.28)
– La période de Terreur blanche

Victor Louzon

La République de Chine qui s'impose à Taïwan en 1945, après un demi-siècle de colonisation japonaise, est un régime à la fois autoritaire et exogène, dont les rapports avec la société taïwanaise sont longtemps marqués par la violence.

« L'Incident du 28 février » (février-mai 1947) commence par un soulèvement contre les autorités du Kuomintang, accusées d'incompétence et de partialité envers les Continentaux au détriment des insulaires, dont les espoirs suscités par la décolonisation sont déçus. Les élites locales forment des « comités de résolution » aux revendications autonomistes, tandis que des groupes de jeunes s'attaquent aux lieux et détenteurs de l'autorité, ou aux civils continentaux. Le pouvoir répond par une répression militaire qui fait des milliers de morts, sans compter les blessés et les emprisonnés. L'élite insulaire, jugée déloyale et japonisée, est particulièrement touchée.

La « Terreur blanche », qui commence en 1949, répond quant à elle surtout à la peur d'une infiltration communiste à Taïwan, devenue le refuge du Kuomintang après sa défaite dans la guerre civile. La répression – qui, contrairement à l'Incident 2.28, frappe beaucoup de Continentaux – est à son comble dans les années 1950, même si la loi martiale reste en vigueur jusqu'en 1987. Sur cette longue période, on compte des milliers d'exécutions, et peut-être 140 000 condamnations à des peines de prison pour crimes politiques. La libéralisation du régime commence dans les années 1970, mais on relève encore des assassinats politiques jusque dans les années 1980.

Les communautés waisheng (外省) et bensheng (本省)

Fu Si-tai

Le terme de Waishengren (外省人) a émergé après la rétrocession de Taïwan à la République de Chine en 1945. À partir de 1949, après la défaite de la guerre civile, les Continentaux ont immigré en grand nombre à Taïwan, suivant le gouvernement nationaliste chinois. Ils sont alors entrés en interaction avec les Taïwanais de souche (les Benshengren 本省人) qui les appelaient « Continentaux » (大陸人) ou « Waishengren ».

La communauté bensheng était installée sur l'île de Taïwan depuis trois cents ans. Durant cette période, il y eut également cinquante ans de colonisation japonaise. Dès lors, il existait un tel écart culturel et mémoriel entre les deux groupes (nouveaux/anciens) issus de la même ethnie han, que leur rencontre fut à la source de nombreuses difficultés. Étant donné que certains Waishengren sont originaires de la région Minnan, comme les Benshengren, la catégorisation du groupe ethnique des Waishengren n'a rien à voir avec la province d'origine, mais reste liée à la période d'immigration. Au début, « Continental » était synonyme de « Waishengren ». Avec la possibilité d'un retour en Chine dès 1987, « Continental » est devenu synonyme de « Chinois de la République populaire de Chine », tandis que le terme de « Waishengren » continuait à désigner les migrants venus en 1949. Aujourd'hui, après une intégration sociale de plus de soixante-dix ans, les communautés waisheng et bensheng sont davantage devenues des « communautés mnémoniques » que des « groupes ethniques ».

La guerre de Corée

Alain Delissen

Deux types de récits de l'histoire de la guerre de Corée sont – inégalement – disponibles.

Le premier renvoie à l'histoire des relations internationales et au cadre de la Guerre froide. Entre un commencement – l'invasion de la Corée du Sud par les chars nord-coréens le 25 juin 1950 – et un armistice signé le 27 juillet 1953, ce récit inscrit l'événement dans une série, bordée en amont par le blocus de Berlin (1948-49) et en aval par la défaite française en Indochine (1954). Ces trois années d'un conflit de très haute intensité qui passe à deux doigts de la nucléarisation voient la péninsule coréenne balayée trois fois par les parties étrangères en présence : les troupes de l'ONU sous commandement américain qui pilonnent le Nord face aux troupes de la République populaire de Chine – soutenues par l'aviation soviétique. Rigidifiant la division imposée en 1945 et achevant de séparer des dizaines de millions de Coréens, la guerre fait plusieurs millions de victimes, militaires et civiles. Juridiquement, elle perdure.

Un second type de récit, plus récent et plus local – en Corée du Sud démocratique, où il fait intensément débat – renvoie à un tout autre cadre d'analyse : celui d'une guerre civile ou d'une guerre des classes formée au cœur de la colonisation japonaise. S'y rattache la violence plus diffuse, mais non moins extrême, des massacres de populations civiles – souvent l'œuvre de l'appareil policier sud-coréen. 70 ans plus tard, ces massacres hantent encore la scène sociale, politique et historiographique du Sud. Sortie de guerre inachevée.

Le Grand bond en avant

Isabelle Thireau

Lancé en 1958, au début du deuxième plan quinquennal, le Grand bond en avant a pour objectif d'accélérer le développement de l'économie chinoise afin de « rattraper la Grande-Bretagne en quinze ans ». L'agriculture devient le deuxième pilier de la transformation économique aux côtés de l'industrie lourde. Partout, la main-d'œuvre est appelée à pallier au manque de ressources financières et technologiques.

Cette nouvelle voie de développement économique affecte surtout les campagnes. En 1953, l'État avait établi son monopole sur l'acquisition et la distribution des produits agricoles. En 1955, un mouvement de collectivisation à grande échelle organisait la totalité des 120 millions de familles rurales en coopératives. Malgré ces transformations, le faible accroissement des réserves céréalières ne compense pas l'augmentation de la population rurale et, surtout, urbaine, entre 1952 et 1957.

En 1958, ces 750 000 coopératives sont regroupées en 25 000 communes populaires, unités collectives de production et de propriété. Au même moment, une campagne de mobilisation populaire est mise en œuvre dans le contexte du Grand bond en avant. Les cadres locaux sont encouragés à annoncer des records de production agricole qui, même s'ils sont irréalistes, augmentent les livraisons de grains à l'État. Les paysans sont sommés de délaisser les champs pour s'engager dans de grands travaux d'infrastructure ou pour produire de l'acier de mauvaise qualité dans des fonderies artisanales.

D'un côté, la production agricole chute ; de l'autre, les réquisitions de grains alimentaires augmentent. S'ensuivent trois années de « grande famine » (1958-1960). Si celle-ci frappe de manière inégale les différentes provinces, en raison notamment de l'attitude adoptée par les dirigeants provinciaux, elle fait environ 36 millions de victimes, essentiellement au sein de la population rurale.

Révolution culturelle - Gardes rouges

Xiaohong Xiao-Planes

La Révolution culturelle (1966-1976) a été une entreprise volontariste du président du Parti communiste chinois Mao Zedong. Ce dernier ambitionnait de révolutionner la Chine en continu et d'éliminer ses adversaires politiques au moyen d'une large mobilisation de masse. Au printemps 1966, des millions d'étudiants du secondaire et du supérieur furent mobilisés pour combattre une ligne d'éducation prétendue révisionniste et bourgeoise. Quelques lycéens pékinois créèrent un groupement nommé « Gardes rouges ». Mao leur accorda son soutien et glorifia leur esprit rebelle face à l'autorité. Le 18 août sur la Place Tian'anmen, sa rencontre avec un million de jeunes représentants du pays légitima cette forme d'association et fit déborder la révolution du campus dans la rue. On laissa les Gardes rouges saccager en toute liberté les objets et les monuments symboliques des vieilleries nocives, molester les ennemis de classe et les citoyens issus de « mauvaises catégories sociales », et aller partout dans le pays pratiquer le « grand échange des expériences révolutionnaires » (大串聯). Le mouvement des Gardes rouges atteignit son apogée à l'automne lorsque les barrières d'origine sociale des individus s'estompèrent et que les « Quatre grandes libertés » politiques furent accessibles à tous. Les associations de Gardes rouges proliférèrent et se divisèrent en courant « modéré » ou « rebelle ». Elles menèrent des actions communes avec d'autres organisations de masse contre les dirigeants

« engagés dans la voie capitaliste », et participèrent à partir de 1967 à la formation du nouveau pouvoir. Ce mouvement de jeunesse prit fin en 1968 lorsque Mao envoya des équipes ouvrières et militaires rétablir l'ordre dans les établissements.

Le mouvement des Gardes rouges renvoie volontiers une image de violence, d'anarchie et de factionnalisme. Or, indépendamment de son instrumentalisation par Mao, il présente une expression biaisée de la jeunesse chinoise et illustre un moment, certes éphémère, de la liberté gagnée grâce à sa combativité.

Le mouvement d'envoi des jeunes instruits à la campagne

Michel Bonnin

Ce mouvement politique sans équivalent historique a consisté à mobiliser de jeunes urbains diplômés du secondaire pour qu'ils partent travailler et s'établir à la campagne, potentiellement pour la vie. Il a répondu à des motivations multiples dont l'importance respective a évolué. Ciblant les jeunes de « mauvaise origine sociale », le mouvement des années 1962-1966 avait un objectif de réforme idéologique mais surtout d'allégement des problèmes d'emploi. Interrompu par la Révolution culturelle, il a pris une ampleur quasi universelle à partir de 1968, répondant au désir de Mao de se débarrasser du mouvement des Gardes rouges et des problèmes d'emploi causés par les désordres. Mais la motivation principale, qui explique que ce mouvement ait duré jusqu'à la mort de Mao en 1976 et même un peu au-delà, était l'anti-intellectualisme du Grand Timonier et sa volonté de former des successeurs dévoués à sa vision d'une Chine éternellement révolutionnaire. L'arrêt du mouvement en 1980 s'explique par la nouvelle orientation vers le développement économique du pays.

Les jeunes instruits ont rencontré de graves difficultés matérielles pendant leur séjour à la campagne (travail physique très dur, nourriture insuffisante, logement inapproprié), mais aussi morales (mal du pays, manque de vie culturelle, difficultés d'intégration, absence de perspectives professionnelles et conjugales). Le rejet du mouvement a entraîné une résistance passive pendant de longues années (notamment par la recherche effrénée de moyens pour rentrer en ville), puis, après la mort de Mao, une résistance active qui a contraint le pouvoir à mettre fin à cette politique et à accepter le retour de la quasi-totalité des jeunes instruits.

Loin d'avoir été transformés en « successeurs révolutionnaires », les jeunes instruits ont appris le pragmatisme et soutenu les réformes de Deng Xiaoping. Mais, avec le temps, une nostalgie paradoxale de leur séjour rural est apparue chez une partie d'entre eux. Même ceux qui en gardaient un souvenir amer, notamment du fait des conséquences sur leur carrière de l'interruption de leurs études, ont eu tendance à vouloir maintenir présente la mémoire de cette expérience singulière qui avait bouleversé leur jeunesse.

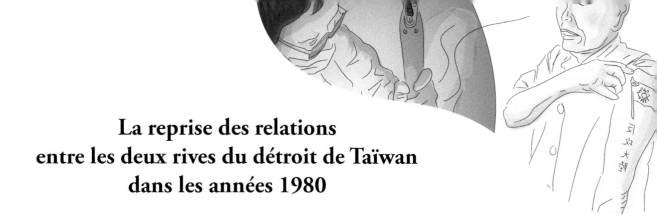

La reprise des relations
entre les deux rives du détroit de Taïwan
dans les années 1980

Philippe Chevalerias

Octobre 1949 : le Parti communiste chinois fonde la République populaire de Chine. Décembre 1949 : Chiang Kaï-shek se réfugie à Taïwan où il transfère les institutions de la République de Chine. Les relations entre Taïpei et Pékin sont désormais rompues. Les activités économiques – illégales pour Taïpei – ne reprendront dans le détroit de Formose qu'à la croisée des années 1970 et 1980, stimulées d'abord par l'écart de développement entre les deux rives, puis par la hausse des coûts de production sur l'île qui déclenchera un mouvement de délocalisation vers le Continent. À cela s'ajoute un changement de stratégie des autorités chinoises. Se servant de l'économie comme d'une arme politique, elles cherchent à attirer les hommes d'affaires taïwanais : exonérations de droits de douane, zones d'investissement « réservées » dans le Fujian et sur l'île de Haïnan, etc. Ces mesures trouvent un écho d'autant plus favorable qu'un vent de liberté souffle sur Taïwan. La loi martiale, qui interdisait tout contact avec l'ennemi communiste, est levée par Chiang Ching-kuo en juillet 1987. Les premières visites dites « familiales » de proches restés sur le continent sont autorisées sous les auspices de la Croix-Rouge en novembre 1987. Qui plus est, face à la nécessité économique, le gouvernement taïwanais se résout à « reconnaître » le commerce à travers le détroit (juillet 1985) et les investissements en Chine (octobre 1990) sous réserve que les produits/capitaux transitent par un territoire tiers. C'est ainsi que naît un nouveau type de relations, basé sur des échanges économiques « indirects » et des contacts politiques via des organismes semi-officiels : la Straits Exchange Foundation (Taïpei) et l'Association for Relations Across the Taiwan Straits (Pékin). Le rapprochement économique était bien en marche, même s'il n'allait pas mener à la réunification, comme l'aurait sans doute souhaité Pékin.

Mémoire coloniale :
le patrimoine architectural japonais à Taïwan

Chantal Zheng

Après leur défaite militaire face au Japon en 1895 et la signature du Traité de Shimonoseki, les Qing cèdent Taïwan et les Pescadores au Japon. Le nouveau pouvoir colonial veut faire de Taïwan une colonie modèle et couper la population du continent chinois pour la soumettre à la culture, à l'éducation et aux coutumes japonaises. Taïwan est de fait la première colonie outre-mer du Japon. Le premier gouvernement civil de Goto Shinpei (1857-1929) [durant le mandat du premier gouverneur général de Taïwan, Kodama Gentaro (1852-1906)], lance une modernisation d'envergure avec d'importants travaux d'infrastructure qui ont considérablement modifié le milieu urbain[1]. La tradition urbaine chinoise s'en trouve ainsi bouleversée, puisque ces travaux intègrent des artères spacieuses dotées de ronds-points, une voirie adaptée, l'eau courante, des égouts, un agrandissement des gares, la construction de bureaux de postes, d'hôpitaux, de dispensaires, d'écoles, de musées et de parcs. L'objectif était d'améliorer le standard de vie matérielle de l'île

---

[1] Voir. P.F Souyri, « La colonisation japonaise : un colonialisme moderne mais non occidental », in Marc Ferro ed, *Le livre noir du colonialisme*, Paris, 2010, p.543-574. En 1936, 32% de la population insulaire est japonophone pour 51% en 1940.

et de permettre aux colons japonais de s'installer durablement. Un milieu urbain moderne fait dès lors son apparition avec un axe fort de la politique coloniale : l'hygiénisme. Puis, dans les années 1930, sont posées les bases de la planification inspirée par la pensée européenne et nord-américaine de la fin du XIXème siècle. Simultanément, l'accélération du processus de japonisation affecte la langue chinoise et les dialectes régionaux en perte de vitesse.

1) L'habitat :

Si, dans un premier temps, ce sont les militaires et les fonctionnaires qui arrivent dans l'île, rapidement, d'autres colons japonais et leur famille s'installent. Il s'agit de cadres administratifs et de chefs d'entreprises[2]. Pour ceux-ci, il faut construire rapidement des résidences officielles et des logements de fonction. La majorité de ces constructions sont les fameuses maisons en bois, à toits de tuiles noires avec des parquets de bois à l'intérieur, des tatamis et des portes coulissantes sur le modèle national. Des arbres ont même été importés du Japon pour décorer les cours et recréer le milieu d'origine. L'essentiel étant de procurer aux exilés l'impression qu'ils étaient chez eux mais aussi de renforcer le ciment identitaire de la communauté exilée. Dans toutes les régions de l'île, cette architecture s'est propagée. Ces maisons ont été conçues par des architectes japonais nouvellement diplômés mais experts dans l'architecture nationale. Les Japonais vivaient dans des quartiers ségrégués, à l'écart des Taïwanais, et maintenaient ainsi leur mode de vie. Taïwan était une sorte de laboratoire pour ces architectes qui ont déployé tous leurs talents afin de faire cohabiter divers styles : les traditionnelles maisons en bois ; les sanctuaires ou les écoles d'arts martiaux ; les bâtiments de prestige mixtes reprenant le toit des palais japonais ; les constructions occidentales incarnant les versions néo-classique, baroque, rococo, Art nouveau, Art déco ou Bauhaus. De nos jours, tandis que les maisons de style

---

[2] 380 000 japonais dont 100 000 familles.

occidental construites en béton renforcé sont globalement toujours en place, un grand nombre des maisons de bois ont disparu par obsolescence ou ont été démantelées. Il en reste tout au plus une centaine qui ont été restaurées et réutilisées pour devenir des cafés, des restaurants ou de petits musées locaux.

2) Les lieux de culte[3] :

Pendant la seconde partie de la colonisation, près de 200 sanctuaires shinto (神道寺) ont été édifiés dans toute l'île, dont 68 officiellement reconnus par les autorités japonaises, les autres dépendant d'initiatives des communautés japonaises sur place. Le premier sanctuaire a été édifié en 1897 à Taïnan. Celui de Taïpei a suivi en 1901. Les Japonais ont voulu imposer le shinto d'État. Ces lieux de culte avaient pour vocation de diminuer l'influence de la religion populaire chinoise et de légitimer leur pouvoir colonial en déifiant l'autorité impériale[4]. Le culte des kami (神), les divinités et esprits autonomes, est consacré dans ces sanctuaires. Il s'agit d'entités liées à des événements naturels, à des domaines importants de la vie quotidienne, à des personnages héroïsés et à des figures mythologiques. Il y a aussi les kami, esprits protecteurs des pionniers, qui leur ont permis de s'approprier le territoire. Ce culte permet de fédérer les communautés émigrées. On trouve aussi un grand nombre de torii (鳥居) : portail traditionnel en bois peint qui définit la limite entre monde réel et monde sacré. Mais le shinto n'a pas vraiment pris racine chez les Taïwanais et, après le départ des Japonais, il a complètement disparu de l'île, à telle enseigne que les jeunes générations d'aujourd'hui, contrairement à leurs aînés, ne comprennent plus le sens de ces vestiges. Quelques rares sites ont été désignés « vestiges historiques » par les autorités régionales ou municipales.

---

[3] Voir Yoshihisa Amae, « Pro-colonial or Postcolonial? Appropriation of Japanese Colonial heritage in present day Taiwan », *Journal of Current Chinese Affairs*, 1/2011: 19-62.

[4] Voir Chia-jung Kuo, « Empire in a Shrine : the Forms, Functions and Symbolisms of Shinto Shrines in Colonial Taiwan, 1895-1945 », consulté sur eScholarship@BC.

Par ailleurs, il existe un nombre tout aussi important de salles d'arts martiaux butokuden (wudedian 武德殿) qui ont commencé à être édifiées au tournant du siècle dans toutes les provinces du Japon et dans les colonies par les militaires et les policiers japonais, avec pour objectif premier de les entraîner à maintenir l'ordre dans l'éventualité de rébellions. En même temps, les arts martiaux (wushu 武術) sont enseignés dans les écoles et reconnus à part entière comme des sports, aussi bien pour les Japonais que pour les Taïwanais. Ces salles sont souvent construites à proximité des écoles et évoquent sanctuaires, temples ou palais, empruntant des éléments architecturaux aux trois. Elles font toujours face au sud et vénèrent Amaterasu, la déesse du soleil et le dieu des arts militaires.

3) Une réception contrastée et une mémoire transnationale, partagée mais ambiguë

Les maisons japonaises qui ont plus d'un siècle ont vu passer de nombreuses familles de diverses origines. Avec les temples et les butokuden, elles donnent forme à une mémoire multiculturelle. Pour une bonne partie des Taïwanais de l'époque encore très pauvres, la transformation de l'environnement construit était un symbole de modernité bienvenue. Pour d'autres, la culture insulaire était menacée par la japonisation coercitive et violente à bien des égards. Mais cinquante ans de colonisation ont toutefois laissé une marque indélébile dans la société taïwanaise avec les nombreux vestiges architecturaux laissés par le colonisateur. Même si une certaine ambivalence a pu être observée à l'occasion des dernières décennies, alimentant de houleux débats entre pro-japonais et détracteurs, on constate, depuis les années 1990, et à la faveur des nouvelles lois de protection du patrimoine culturel (文化資產保存法), un regain d'intérêt pour l'architecture coloniale et un net infléchissement vers sa conservation et sa réutilisation. Reconstruire un héritage colonial, se réapproprier un passé à bien des égards douloureux après les efforts soutenus du gouvernement du Kuomintang pour éradiquer et dé-japoniser l'île, telles sont les options choisies par Taïwan de nos jours.